AF375554

Analyse de l'œuvre

Par Isabelle Consiglio
et Delphine Le Bras

Pars vite et reviens tard

de Fred Vargas

lePetitLittéraire.fr

Rendez-vous sur lepetitlitteraire.fr et découvrez :

Plus de 1200 analyses
Claires et synthétiques
Téléchargeables en 30 secondes
À imprimer chez soi

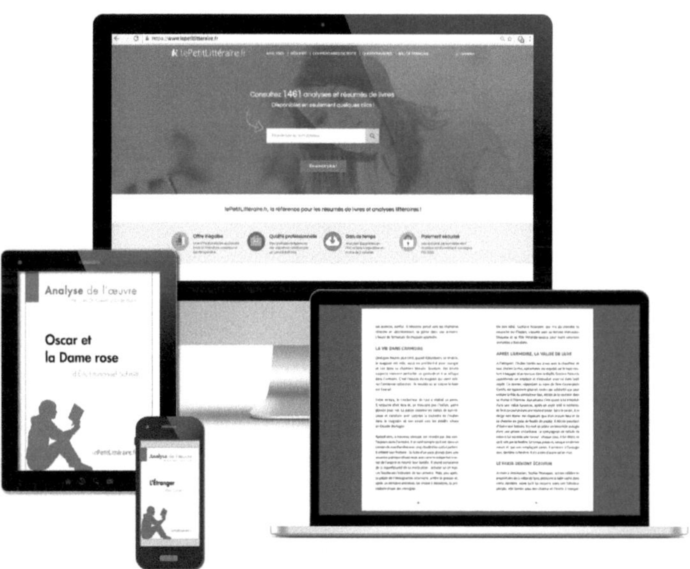

FRED VARGAS

ROMANCIÈRE ET ESSAYISTE FRANÇAISE

- **Née en 1957 à Paris**
- **Quelques-unes de ses œuvres :**
  - *Dans les bois éternels* (2006), roman policier
  - *Un lieu incertain* (2008), roman policier
  - *L'Armée furieuse* (2011), roman policier

Historienne de formation, Fred Vargas (de son vrai nom Frédérique Audoin-Rouzeau) est dans un premier temps chercheuse en archéologie médiévale au FNRS (Fonds national de la recherche scientifique). Son pseudonyme renvoie au personnage de Maria Vargas, interprété par Ava Gardner (actrice de cinéma américaine, 1922-1990) dans *La Comtesse aux pieds nus* (1954) de Joseph L. Mankiewicz (cinéaste américain, 1909-1993). La sœur jumelle de l'auteure, Jo Vargas, artiste peintre, a choisi le même pseudonyme.

Fred Vargas a publié à ce jour une quinzaine de romans policiers (*L'Homme à l'envers* [1999],

Temps glaciaires [2015], etc.), ainsi que des essais philosophiques (*Petit traité de toutes vérités sur l'existence* [2001], *Critique de l'anxiété pure* [2003], etc.). Ses romans connaissant un certain succès, ils ont presque tous été récompensés en France ou à l'étranger. Fred Vargas est actuellement l'une des principales auteures françaises de polars.

PARS VITE ET REVIENS TARD

UN POLICIER AUX ALLURES DE ROMAN NOIR

- **Genre :** roman policier
- **Édition de référence :** *Pars vite et reviens tard*, Paris, France Loisirs, 2002, 347 p.
- **1ʳᵉ édition :** 2001
- **Thématiques :** peste, meurtre, vengeance, enquête, panique

Pars vite et reviens tard est le neuvième roman de Fred Vargas. Son titre évoque un conseil formulé par les traités de médecine du Moyen Âge en cas d'épidémie de peste. La fuite était alors considérée comme la meilleure solution. L'intrigue mêle en effet la description d'une enquête menée dans le Paris contemporain à l'évocation de diverses épidémies de peste dont un tueur en série se sert pour effrayer la population. On peut donc supposer que l'auteure a puisé, pour l'écriture de ce récit, dans ses connaissances de médiéviste.

Pars vite et reviens tard a été récompensé par le Prix des libraires, ainsi que par le Grand Prix des lectrices du magazine *Elle* en 2002.

RÉSUMÉ

L'ANNONCE DU FLÉAU

Joss Le Guern est un ancien marin breton. Après le naufrage de son navire et la perte de deux hommes, il agresse son armateur et manque de le tuer. Pour ce geste, il écope de deux années d'emprisonnement, à la suite desquelles il part s'installer à Paris. C'est là que son arrière-grand-père lui apparait lors d'une soirée trop arrosée et lui suggère de reprendre la profession familiale de crieur public – le crieur était autrefois chargé de communiquer les nouvelles et les annonces postées par les habitants des villages reculés.

Joss décide donc de pratiquer ce métier et met à disposition des Parisiens une boite dans laquelle ils peuvent déposer leurs annonces et leurs billets d'humeur. La criée de Joss a lieu trois fois par jour, sur une place parisienne. Joss laisse son urne à billets dans l'arrière-boutique du magasin de rollers de Damas, jeune homme musclé qui a pour sœur Marie-Belle. Depuis environ trois semaines, le crieur reçoit d'étranges messages écrits dans un français ancien et en latin, annonçant le retour d'un terrible fléau.

Un auditeur de la criée, Decambrais, voisin lettré, propriétaire dans le même immeuble que Joss d'un étage dont il sous-loue des chambres, est intrigué par ces messages. Il entreprend des recherches et identifie leur thème commun : la peste. Afin de tirer l'affaire au clair, Decambrais propose à Joss d'aller voir la police. Joss est réticent, mais se laisse convaincre quand Decambrais lui dit qu'ils iront voir un flic en qui il a toute confiance, Jean-Baptiste Adamsberg.

Pendant ce temps-là, Adamsberg reçoit une jeune mère de famille venue porter plainte, car elle a découvert d'étranges inscriptions sur les portes des locataires de son immeuble : le chiffre quatre retourné, tracé à l'encre noire. En consultant un médiéviste, le commissaire découvre que cette inscription évoque en réalité un signe de croix tracé sans lever la main et censé éloigner la peste des maisons sur lesquelles il est apposé.

Ces curieux symboles se multiplient dans les immeubles parisiens, et Adamsberg parvient maintenant à établir un lien entre les messages mystérieux reçus par Joss et les symboles tagués en ville. Sa curiosité le pousse alors à assister aux criées, afin de suivre de plus près le contenu des étranges annonces de Joss.

Ce dernier quitte son deux-pièces sordide du rez-de-chaussée pour s'installer chez Decambrais, qui possède une pension au premier étage de l'immeuble. Il emménage ainsi auprès de nouveaux colocataires, pour la plupart habitués de la criée : Lizbeth, une ex-prostituée américaine, diva à ses heures ; Éva, qui vient de fuir son mari violent ; et Castillon, un forgeron retraité. Lizbeth fait office de maitresse de maison et organise la vie collective de la pension. Pour le ménage, c'est Marie-Belle, la sœur de Damas, qui fait les vitres et propose un service de repassage.

PREMIÈRES PISTES

Le narrateur entraine le lecteur chez une certaine Mané, qui reçoit son petit-fils, Arnaud : c'est lui qui trace les signes sur les portes de Paris. La vieille dame élève quant à elle des rats qu'elle croit infectés par la peste et envoie Arnaud avec des enveloppes chargées de puces chez les futures victimes. Elle est persuadée que sa famille possède des pouvoirs magiques, dans la mesure où ses parents ont autrefois survécu à une épidémie de peste. Le duo formé par la grand-mère et le petit-fils cherchent à accomplir une vengeance en inoculant le virus de la peste aux personnes qui les ont offensés.

À l'heure de la criée, les messages du jour annoncent les premières victimes de la peste. Un corps est en effet découvert dans un immeuble à Paris, et une enveloppe contenant des puces est retrouvée près du cadavre. Le papier utilisé est identique à celui des missives que le crieur a reçues.

Une véritable enquête débute alors pour Adamsberg et son adjoint Danglard. On apprend que la victime n'est pas morte de la peste, mais qu'elle a été piquée par des puces, puis étranglée. Trois nouvelles victimes sont ensuite retrouvées, et les Parisiens cèdent à la panique : ils tracent des « quatre » retournés sur leurs portes pour se protéger de la contagion. Adamsberg est quant à lui convaincu que le tueur se tient parmi la foule qui assiste chaque matin à la criée.

La presse s'empare de la rumeur et revient sur l'épidémie de peste qui a sévi à Paris en 1920. De son côté, Adamsberg demande l'aide d'un psychiatre, afin de dresser le portrait psychologique du tueur. Il pense que ce dernier est personnellement lié à la peste et, dès lors, effectue des recherches sur l'épidémie de 1920. Par ailleurs, il est intrigué par le second frère de Marie-Belle, Antoine, qui vit à Romorantin (Loir-et-Cher) et que celle-ci décrit comme « pas très débrouillard » (p. 217).

Une nouvelle victime, la cinquième, est découverte à Marseille et, chargé de l'enquête, Adamsberg doit effectuer le déplacement. En poursuivant ses investigations, il découvre que les gens riches portaient autrefois un diamant à l'annulaire gauche, afin de se protéger de l'épidémie. Le commissaire se rappelle alors qu'il a vu un bref éclair de lumière provenant de la main d'un individu lors de l'une des criées de Joss.

C'est alors que, de retour à Paris, il fait interpeler Damas, qui porte effectivement un diamant à la main gauche. Celui-ci devient le suspect principal. De plus, il a des puces sur lui et possède, via son arrière-boutique, un accès direct à la boite de Joss. Adamsberg découvre également que son casier judiciaire n'est pas vierge : il a été accusé, à tort, d'avoir défenestré sa compagne.

Un inconnu se présente alors au commissariat en affirmant être en danger de mort, car il a retrouvé sous sa porte une enveloppe contenant des puces. Adamsberg lui décèle un passé mystérieux. Sous la contrainte, le jeune homme finit par avouer qu'il a fait partie d'une bande de sept truands qui ont torturé un individu et violé sa compagne.

DÉNOUEMENT

Le commissaire établit un lien entre ces faits et le passé caché de Damas : jadis, ce dernier, plus connu sous le nom d'Arnaud Damas Heller-Deville, fils d'un célèbre industriel de l'aéronautique, a mis au point un procédé permettant à un acier alvéolé très solide de ne pas se fissurer. Pour connaitre ce procédé sans le monnayer, un homme dont on ne connaitra pas l'identité avait mandaté un groupe de voyous pour enlever et terroriser Damas : il avait alors été torturé – et sa copine avait été violée – afin d'obtenir le secret de fabrication de l'acier alvéolé.

La copine de Damas, très éprouvée par des viols successifs ayant occasionné une sévère hémorragie, perd la raison. Elle se défenestre quelques mois après l'enlèvement et, suite à ce suicide, Damas est inculpé à tort pour meurtre.

C'est alors avec l'aide de sa grand-mère, Mané, qu'Arnaud Damas Heller-Deville a préparé sa vengeance en prison en s'appuyant sur le mythe familial relatif à la peste. Son but était en fait d'éliminer les sept truands qui les avaient maltraités, lui et sa femme. Mané est arrêtée et ne nie rien des faits qui lui sont reprochés, puisqu'elle est convaincue que les victimes sont bien mortes de la peste : de fait, Damas et sa grand-mère ignorent que les puces n'étaient en réalité pas contaminées par la maladie.

Certains bourreaux de Damas sont encore en vie, et le commissaire est persuadé qu'une troisième personne est encore chargée de commettre les meurtres restants. En prenant en chasse un individu sortant du domicile de Marie-Belle, Adamsberg découvre que le père de Damas a mené une double vie : il a reconnu son premier fils, mais pas ses deux autres enfants, issus d'un autre lit, Marie-Belle et son frère Antoine. Ce sont en réalité ces deux enfants illégitimes qui suivaient Damas, afin d'étrangler les victimes. Ils sont donc coupables des meurtres.

Leur objectif premier était de se rapprocher de Damas pour toucher leur part d'héritage. Puis, quand Marie-Belle a appris le plan de vengeance de Damas, elle y a vu l'occasion d'obtenir plus vite encore l'argent dont elle s'estimait spoliée. Tuer réellement les personnes visées par Damas permettait de le faire accuser puis emprisonner, et de gérer son argent pendant sa détention.

La véritable commanditaire des meurtres, Marie-Belle, n'est pas poursuivie, car elle a fui en laissant une lettre d'aveux à Adamsberg. Non coupables des meurtres, Damas et sa grand-mère ne sont pas non plus inquiétés. Le commissaire préfère d'ailleurs cacher à cette dernière que les bourreaux de son petit-fils ne sont pas vraiment morts de la peste.

ÉTUDE DES PERSONNAGES

LE COMMISSAIRE JEAN-BAPTISTE ADAMSBERG

Jean-Baptiste Adamsberg est un personnage récurrent dans l'œuvre de Fred Vargas qui apparait pour la première fois dans *L'Homme aux cercles bleus* (1991). C'est un flic nonchalant, se fiant à son intuition et se démarquant par une vie amoureuse assez versatile.

C'est encore un homme qui fuit la simplicité et qui a conscience de la part d'ombre de chacun. Il apparait aussi dans le deuxième opus de Fred Vargas, *L'Homme à l'envers*.

Originaire des Pyrénées et muté à Paris dans la brigade des homicides, le commissaire Adamsberg est un petit homme brun à l'apparence négligée. Rien dans sa physionomie ne laisse présager sa fonction, et lui-même ne se sent pas tout à fait flic : « Je me demande, dit le commissaire Adamsberg, si, à force d'être flic, je ne deviens pas flic. » (p. 35) D'ailleurs, Joss n'y croit pas non plus : « Le petit brun ? Vous rigolez. Un vieux maillot gris, une veste toute froissée, il a même pas les cheveux coupés. Vendeur de fleurs sur les quais de Narbonne, je ne dis pas, mais commissaire, pardon. » (p. 100)

C'est un rêveur qui ne possède pas de réelle méthode d'investigation : il se fie à son flair, qui le conduit la plupart du temps à la résolution du crime ; en outre, il est réticent à l'utilisation des nouvelles technologies.

Adamsberg est cependant très sensible aux drames humains : il décèle facilement la psychologie des suspects ou de ses collègues. Personnage solitaire, il part tous les jours réfléchir à son enquête au cours de longues marches dans Paris.

Il entretient une relation amoureuse intermittente avec Camille depuis plusieurs années. Séducteur, il peine à exprimer ses sentiments et pêche souvent par indifférence. Camille le surprendra au lit avec une autre femme ; une relation sans importance pour le commissaire.

Physiquement et psychologiquement, il est en définitive un personnage quelque peu chaotique :

> « C'est-à-dire que si, il était beau, bien qu'aucun de ses traits pris isolément n'ait pu logiquement contribuer à ce résultat. Aucune régularité, aucune harmonie et rien d'imposant. L'effet de désordre était total mais ce désordre générait un séduisant chaos, somptueux parfois lorsqu'il s'animait. » (p. 85)

Cette propension au désordre en fait un personnage attachant, dont le contrepoint idéal est Danglard.

JOSS LE GUERN

Ancien matelot revendiquant très fortement ses origines bretonnes, Joss Le Guern purge une peine de prison pour avoir violemment attaqué son armateur. Alcoolique, agressif et sans réelles attaches familiales, il échoue à Paris et effectue divers petits boulots avant d'embrasser la profession de crieur public, sur les conseils de son arrière-grand-père, Nicolas Le Guern, qui lui apparait ponctuellement pour lui prodiguer des conseils.

Joss a eu une enfance difficile : envoyé très jeune en pension, il s'est notamment fait battre. De cette expérience, il conserve une certaine défiance vis-à-vis des inconnus. Il est d'ailleurs globalement un personnage méfiant : « Non, pour rien au monde Joss n'aurait accordé sa confiance aux choses, pas plus qu'aux hommes ou à la mer. Les premières vous prennent la raison, les seconds l'âme et la troisième la vie. » (p. 11)

Habitué à la solitude, il s'exprime de manière directe et grossière, le plus souvent en recourant au lexique de la marine : « Les vésicules rondes de ces algues se nommaient des flotteurs et Joss estima que cela convenait tout à fait aux yeux de ce commissaire. Ces flotteurs étaient enfoncés sous des sourcils fournis et embrouillés qui leur faisaient comme deux abris rocheux. » (p. 101)

Impassible, Joss alerte la police, mais ne craint pas les annonces étranges qu'il lit ; en fait, il ne croit pas une seconde au retour de la peste à Paris. C'est un personnage fort, qui respecte un certain code de conduite hérité de ses ancêtres : « Chez les Le Guern, on est peut-être des brutes, mais on n'est pas des brigands. » (p. 17) Ainsi, il ne vole pas, refuse de lire des propos diffamatoires lors de sa criée et tient à la ponctualité dans son travail. C'est un homme de confiance.

Enfin, c'est un personnage-clé dans le roman, car il introduit les éléments perturbateurs du récit.

- C'est lors de sa criée que les allusions à la peste sont énoncées.
- C'est lors de sa criée qu'Adamsberg va repérer le diamant au doigt de Damas.
- C'est à travers son regard que le lecteur découvre les personnages du récit (autres que les policiers).

Ainsi, tout semble graviter autour de lui, même s'il n'est pas directement impliqué dans les meurtres. C'est un pivot du récit, qui permet aux autres personnages de se révéler.

DAMAS VIGUIER (ARNAUD HELLER-DEVILLE)

Ce personnage est d'abord tout à fait secondaire et n'acquiert de l'importance que dans la seconde partie de l'intrigue, quand sa réelle identité est découverte. Damas Viguier tient une boutique d'articles de sport, le *Roll-Rider*. Il n'a pas une apparence physique très soignée : ses longs cheveux sont souvent sales, et il s'habille très peu, même en hiver.

Il est d'abord présenté comme un homme doux, un peu simplet : « Damas ne captait pas tout non plus, c'était rassurant en un sens, mais Damas n'était pas une lumière. » (p. 22) Il prête son arrière-boutique à Joss, afin que celui-ci prépare sa criée : « Il y avait encore des types bien sur terre, des types comme Damas qui vous laissent une clef et un bout de table sans crainte que vous ne leur fauchiez la caisse. » (p. 14)

C'est apparemment un homme calme, insaisissable, sans aspérités : « Dans ses yeux, il y avait toujours une sorte de torpeur qui lui vidait le regard. Trop de tendresse ou de bêtise, Joss n'arrivait pas à se décider. » (p. 31) Cette apparence placide cache en réalité un lourd secret : Damas est bien plus intelligent qu'il n'y parait et fomente une vengeance contre les personnes qui ont ruiné sa carrière et sa vie.

Le lecteur n'apprend que tardivement le douloureux passé de ce personnage : son père était violent et le battait, ce qui ne l'a pas empêché de réaliser de brillantes études et de mettre au point un procédé chimique permettant aux métaux d'éviter de se fissurer. Enlevé et torturé par un groupe de voyous mandatés par une personne désirant obtenir son brevet, Damas a vu sa vie basculer ; il a ensuite été accusé du meurtre de sa compagne, qui s'était en réalité suicidée après une dépression due aux viols subis lors de leur enlèvement.

Élevé dans la croyance que sa famille possède le pouvoir de semer la peste et d'y survivre, Damas – de son vrai nom Arnaud Heller-Deville – met au point sa vengeance avec l'aide de sa grand-mère : il entreprend d'inoculer la maladie aux sept truands qui l'ont torturé. Il réussit à changer totalement d'apparence et de vie après son séjour en prison et évolue sous une nouvelle identité, celle du vendeur de rollers, Damas Viguier.

Personnage fragile et brisé psychologiquement, il est secrètement amoureux de Lizbeth et fait confiance à Marie-Belle, sa demi-sœur venue le rencontrer à Paris. Loin d'imaginer être la cible d'une revanche fraternelle (Marie-Belle et son frère Antoine ont été spoliés de l'héritage de leur père, puisque ce dernier ne les a pas reconnus), il est encore finalement déçu par des personnes proches. Non seulement il découvre à la fin du roman que sa sœur ne le fréquentait que par intérêt, mais il apprend aussi que son plan a échoué et qu'il n'est pas parvenu à inoculer la peste à ses anciens bourreaux.

ADRIEN DANGLARD

Adjoint du commissaire Adamsberg, Danglard est, à l'inverse de son supérieur, un personnage on ne peut plus cartésien. Il ne jure que par les preuves scientifiques et possède des méthodes d'investigation rigoureuses :

> « Danglard était un type concentré qui pensait sans marcher, un anxieux au corps mou qui écrivait en buvant et qui, avec le seul secours de son inertie, de sa bière, de son crayon mâché et de sa curiosité un peu lasse, produisait des idées en ordre de marche d'un type tout différent des siennes. » (p. 36)

Physiquement, Danglard n'est pas très séduisant : « Moche comme il était, le visage sans structure et le corps s'écoulant vers le bas comme un cierge qui fond, c'était le bout du monde s'il touchait une femme une fois tous les deux ans. » (p. 84) Il est néanmoins un personnage touchant qui sait faire preuve de gentillesse et de psychologie.

Archétype du papa poule, il élève seul – depuis le départ de sa femme – ses cinq enfants (dont un aux yeux clairs, qui est vraisemblablement d'un autre père), accepte d'abriter Camille quand elle se réfugie chez lui après qu'elle a surpris Adamsberg au lit avec une autre femme, et recueille son chaton. Pour meubler ses soirées solitaires, il les accompagne de bières et de vin blanc.

DECAMBRAIS (HERVÉ DUCOUËDIC)

Decambrais est présenté comme un aristocrate lettré et fauché qui loue des chambres à bon prix dans son appartement parisien. Pour compléter cette source de revenus, il exerce une activité de conseiller en « choses de la vie » (p. 32) et fabrique de la dentelle.

Au début du roman, Joss ne l'apprécie guère :

> « Un type dont il ne savait pas trop quoi penser, cet Hervé Decambrais. Un aristocrate, sans au-cun doute, très grand style, mais si fauché qu'il devait sous-louer les quatre chambres de son

premier étage et augmenter son petit revenu par la vente de napperons et par la distribution payante de conseils psychologiques à la noix. » (p. 22)

Mais lors d'une franche discussion, il apprend à Joss qu'il est le fils d'un professeur d'histoire de Tréguier (Côtes-d'Armor), M. Ducouëdic, enseignant fort estimé par Joss.

Decambrais est donc un nom d'emprunt, adopté pour vivre paisiblement depuis qu'il a été accusé d'agression sexuelle sur une élève ; il semblerait que cette accusation ait été portée à tort, et qu'il ait en fait sauvé une élève d'une agression perpétrée par ses camarades.

Decambrais, alias Ducouëdic, connait le commissaire Adamsberg. Les deux hommes s'étaient rencontrés lors de l'affaire pour laquelle Ducouëdic a été jugé. Adamsberg avait alors conseillé à Ducouëdic de changer de métier. À la fin du récit, les deux hommes reviennent sur cette triste affaire d'agression sexuelle. À l'époque, les témoignages accablaient Ducouëdic, mais Adamsberg pensait bien qu'il n'était pas coupable. Ducouëdic réaffirme son innocence dans cette affaire : « Je n'ai pas touché à cette petite fille, Adamsberg. Les trois collégiens étaient sur elle, dans les toilettes. J'ai frappé comme un sourd, j'ai soulevé la petite et je l'ai sortie de là. » (p. 345)

Intrigué par les criées de Joss, il cherche à déchiffrer les annonces. Quand il se rend compte qu'elles annoncent la peste, c'est lui qui décide d'alerter la police.

LIZBETH

Lizbeth est l'une des locataires de Decambrais : « Lizbeth occupait chez lui la chambre n° 3 et, en guise de loyer, elle aidait à la bonne marche de sa petite pension clandestine. Aide décisive, lumineuse, irremplaçable. » (p. 25) Ancienne prostituée américaine, elle assure la préparation des repas quotidiens pour toute la maisonnée. Decambrais l'a sortie de la rue quand elle ne pouvait plus vendre son corps, devenu trop gros pour une clientèle professionnelle : « Jusqu'à ce que, pour cause de corpulence, elle soit flanquée à la porte de tous les peep-shows du quartier. Elle dormait depuis dix jours sur un banc de la place quand Decambrais s'était décidé à aller la trouver, un soir de pluie froide. » (p. 26)

Personnage chaleureux au sourire éclatant, Lizbeth chante du jazz tous les soirs dans un cabaret. Elle ne fait plus confiance aux hommes et n'attend rien de l'amour. Pourtant, à 32 ans, elle pourrait encore faire le bonheur d'un homme, et Decambrais craint qu'elle ne quitte un jour la maisonnée pour s'installer avec un autre.

MARIE-BELLE

Demi-sœur de Damas, Marie-Belle apparait elle aussi comme un personnage assez simplet, sans envergure : « Une jeune femme blonde, menue, les cheveux rassemblés en boucles sur sa nuque, s'approcha de Decambrais et le toucha timidement au bras. » (p. 111-112) Dès le début du récit, elle semble très attentionnée envers son frère : elle lui demande de se laver les cheveux plus souvent ou de porter un pulloveur pour ne pas attraper froid.

Ce personnage cache en fait très bien son jeu : Marie-Belle apparait comme serviable et naïve alors qu'elle fomente des plans pour récupérer l'héritage dont elle a été spoliée. Afin de mettre la main sur une part de la fortune de son demi-frère, Damas, elle se rapproche de lui à

Paris. Dans un premier temps, elle espère ainsi le convaincre d'effectuer des tests génétiques afin de prouver leur lien de parenté et donc de légitimer ses revendications sur l'héritage paternel.

Puis, quand elle comprend que Damas cherche à se venger de ses agresseurs en leur inoculant le virus de la peste, elle décide de profiter de cette opportunité pour faire emprisonner son frère, ce qui lui permettrait d'avoir la mainmise sur tout son argent. C'est donc elle qui organise les meurtres en mandatant son autre frère, Antoine, pour étrangler les victimes.

Au terme du roman, elle échappe à la police. Elle laisse une lettre explicative à Adamsberg pour défendre son frère Antoine, qui, selon elle, n'est pas responsable des crimes commis, puisqu'il n'a rien dans la cervelle et se contente d'obéir : « Je veux que cette lettre soit lue à son procès, parce qu'il n'est pas responsable. C'est moi qui l'ai dirigé de bout en bout, c'est moi qui lui ai demandé de tuer. » (p. 334)

CAMILLE

Camille est un personnage récurrent dans

l'œuvre de Fred Vargas. Compositrice de musique, elle voyage beaucoup et entretient une relation amoureuse intermittente avec le commissaire Adamsberg. Plus jeune que lui, elle a des amis atypiques (historiens spécialistes, femmes de ménage) qu'elle peut consulter pour faire avancer l'enquête. C'est une belle femme, intelligente, qui reste libre, mais accepte difficilement d'être confrontée à l'indifférence d'Adamsberg.

CLÉS DE LECTURE

FRED VARGAS ET LE ROMAN NOIR

Pars vite et reviens tard relate une enquête policière menée par le commissaire Adamsberg. L'enquête démarre avant même les crimes, puisque la police est contactée dès l'apparition des marques peintes sur les portes de la ville. Dans le même temps, Decambrais se rend avec Le Guern au commissariat pour informer la police au sujet des étranges messages reçus par le crieur depuis quelques jours. Aussi l'œuvre de Fred Vargas s'apparente-t-elle d'emblée au roman policier.

En littérature, le genre policier voit le jour vers 1840 avec Edgar Allan Poe (écrivain américain, 1809-1849) et sa trilogie d'enquêtes entreprises par le chevalier Dupin (*Double Assassinat dans la rue Morgue* [1841], *Le Mystère de Marie Roget* [1842-1843] et *La Lettre volée* [1844]). En France, il est rapidement exploité par des auteurs tels qu'Eugène Sue (romancier français, 1804-1857), Paul Féval (écrivain français, 1816-1887) ou encore Ponson du Terrail (écrivain français, 1829-1871). Visant à démasquer un coupable, les récits policiers comportent quelques éléments récurrents :

- l'identification, en la personne du détective, d'un justicier infaillible ;
- la résolution de l'enquête par l'arrestation d'un criminel forcément coupable ;
- des personnages à la psychologie peu développée ;
- la présence d'intrigues très stéréotypées.

Mais dans *Pars vite et reviens tard*, Adamsberg ne correspond pas au personnage type du justicier infaillible : il fait des erreurs, par exemple celle d'appeler Lizbeth à la fin du roman, et ne procède pas avec méthode dans son enquête. Il contient également une part d'ombre dans son rapport avec les femmes : il aime Camille, mais la trompe.

En outre, l'enquête ne se résout pas par l'arrestation des vrais coupables, puisque Marie-Belle, véritable instigatrice des meurtres, échappe à la police. De leur côté, Damas et Antoine (le frère de Marie-Belle) ne sont en définitive que partiellement coupables.

- Le premier, qui souhaitait se venger, n'a finalement pas tué les victimes en dépit de ses
  intentions.
- Le second est arrêté, mais nous comprenons
  vite qu'il n'a fait qu'obéir aux ordres de sa sœur.

Ici, les personnages du roman ne sont pas non plus stéréotypés : l'aristocrate lettré est en réalité un ancien professeur accusé d'agression sexuelle, Marie-Belle n'est pas si idiote qu'elle en a l'air tandis que derrière Damas se cache en fait un homme très intelligent et cultivé, Arnaud Heller-Deville. Chaque personnage est beaucoup plus complexe qu'il n'y parait et possède sa part d'ombre, ses propres fêlures.

En définitive, Fred Vargas détourne les codes du roman policier pour inscrire davantage dans la veine du polar anglo-saxon, qui a émergé dans l'entre-deux-guerres avec des auteurs comme Raymond Chandler (écrivain américain, 1888-1959), Dashiell Hammett (écrivain américain, 1894-1961) ou encore Horace McCoy (1897-1955).

Celui-ci a pour principale caractéristique de rattacher l'origine du crime à la description d'une réalité sociale souvent particulièrement sombre.

De fait, les enquêtes ont la plupart du temps pour cadre des lieux violents comme les banlieues de grandes villes ou des quartiers défavorisés. Elles sont prises en charge par un commissaire ou un détective aux méthodes souvent illégales (violence, pots de vin, etc.), le méfait n'est pas toujours puni, puisque les réseaux de truands échappent la plupart du temps à la justice.

Le roman noir est un genre associé à la modernité, et l'œuvre de Fred Vargas y appartient clairement. On y retrouve en effet l'évocation de la violence des banlieues parisiennes, ainsi que celle de la précarité de ses habitants. Dans le roman, interviennent également deux éléments propres au roman noir, à savoir le passé – à travers les évocations des grandes épidémies de peste – et le surnaturel – avec les apparitions de son aïeul à Joss –, de sorte que *Pars vite et reviens tard* excède les frontières du genre policier.

Et de fait, des auteurs comme Fred Vargas – mais aussi, par exemple, Jean-Claude Izzo (écrivain français, 1945-2000) – lui ont donné un nouveau souffle dans une vogue qu'on peut qualifier de « néo-polar » (« Policier », in *larousse.fr*).

LA DESCRIPTION D'UN MONDE MISÉRABLE ET VIOLENT

Le texte de Fred Vargas décrit le quotidien de nombreux personnages évoluant dans un Paris qui n'est pas celui des cartes postales.

Des personnages au passé douloureux

Ainsi, les personnages mis en scène ont tous une face cachée ou un passé douloureux :

- le commissaire Adamsberg ne peut exprimer ses sentiments et mener à bien une relation amoureuse. Quand Camille le surprend avec une autre, elle se dit que bien sûr « elle savait. Ça avait toujours été comme ça. Il y avait toujours eu des filles, beaucoup d'autres filles, pour des séjours variables, cela dépendait de la résistance de la fille, Adamsberg laissant toute situation se déliter jusqu'à épuisement. » (p. 237) ;
- l'épouse d'Adrien Danglard l'a quitté, et il élève maintenant seul leurs cinq enfants, « le cinquième n'étant d'ailleurs pas de lui, avec ses yeux bleu pâle, mais sa femme lui avait laissé le tout en partant pour un prix d'ami » (p. 84) ;

- Joss Le Guern a connu la pension et la violence étant enfant ;
- Damas a connu très jeune une descente aux enfers en passant par la torture, le deuil de sa petite amie et la prison alors qu'il était innocent. Totalement brisé, il s'est forgé une nouvelle identité à sa sortie de prison : l'intellectuel chétif est devenu un vendeur de rollers musclé ne laissant rien paraitre de son intelligence. « Damas le malingre sort de taule avec quinze kilos de muscles, déterminé à ne plus jamais entendre parler d'acier de sa vie entière et obnubilé par cette revanche » (p. 308) ;
- Decambrais a été condamné à tort pour une agression sexuelle sur une élève. Il a purgé une peine de six mois de prison, puis a changé de nom – il s'appelait Ducouëdic – et de métier. « Non seulement le vieux lettré était breton des Côtes-du-Nord, mine de rien, et en plus il avait un casier, mine de rien. D'où le faux nom, certainement » (p. 97) ;
- Lizbeth a connu la prostitution et a été sans domicile fixe.

De fait, aucun personnage ne semble mener une vie simple et heureuse. Tous se caractérisent au contraire par une importante complexité psychologique. La société les a malmenés, et ils ont pour la plupart entrepris de se construire une double identité afin de se protéger, une deuxième vie, forgée afin de survivre à leurs traumatismes : « C'est pour cela qu'il se fait appeler Decambrais. C'est un type qui a terminé sa vie à cinquante-deux ans. » (p. 169)

Un milieu ultraviolent

Ces personnages évoluent de plus dans des quartiers violents et défavorisés. Leur quotidien est ainsi sombre et inquiétant :

- Joss gagne sa vie grâce à son métier de crieur, mais se doit de trier les annonces qui lui sont remises, car « il n'était pas un matin sans qu'il ne puise de l'indicible au fond de sa boîte, harangues, injures, désespoirs, calomnies, dénonciations, menaces, folies » (p. 21) ;
- Mané vit dans une maison insalubre de Clichy (Hauts-de-Seine), dont « la toiture fuit et ça pourrit le plancher du grenier » (p. 116) ;
- les établissements scolaires sont peu surs, comme en témoigne l'expérience de Decambrais. « Souvenez-vous de sa défense,

Danglard. Trois élèves de seconde s'étaient jetés sur une gosse de douze ans, à l'heure déserte de la cantine. Ducouëdic aurait frappé les gars, fort, et attrapé la petite pour la sortir de là. La gamine était à moitié nue et elle hurlait dans ses bras dans le couloir » (p. 169) ;

- Damas connait une agression d'une violence intense : « Après, ils l'ont retourné sur la table de gym, et puis ils l'ont clouté. » (p. 285)

Dans cet univers, les réverbères le long du canal sont hors service, de sorte que la rue est plongée dans l'obscurité. La société semble en outre comporter de multiples contradictions et injustices qui fragilisent son équilibre : « Damas a fait cinq ans de taule pour un crime qui n'existait pas. Aujourd'hui il est libre pour des crimes qu'il a pu commettre. Marie-Belle est en fuite pour un carnage qu'elle a ordonné. Antoine sera condamné pour des meurtres qu'il n'a pas décidés. » (p. 345)

Dans *Pars vite et reviens tard*, si la description du monde actuel telle qu'elle est proposée par Fred Vargas est assez sombre, elle est également touchante, puisque la plupart des protagonistes s'y débattent et tentent de s'en sortir. Ils se construisent une nouvelle vie, à l'abri des regards, et se serrent les coudes. Chacun s'arrange avec son histoire et survit comme il le peut, que ce soit en s'occupant de ses enfants et en buvant des bières, comme Danglard, ou en œuvrant pour permettre à des personnes d'être logées convenablement, comme Decambrais.

L'écrivaine ne présente donc pas une vision totalement pessimiste de la réalité, comme c'est souvent le cas dans le roman noir, mais laisse poindre une certaine note d'optimisme.

UNE LANGUE FAMILIÈRE, DYNAMIQUE ET INVENTIVE

Dans *Pars vite et reviens tard*, cette description de la vie parisienne se fait dans un niveau de langue familier. Le ton des conversations y est en effet le plus souvent direct et vulgaire : « C'était une outre à fric qui s'en foutait pas mal que les autres crèvent pourvu qu'il ramasse les billets » (p. 15), dit Joss à son aïeul. « Non, Danglard. Ça n'a rien d'artistique. Ça a tout du merdique, en revanche » (p. 61), commente Adamsberg. « Faut être vraiment malade pour aller crier des conneries sur une place. Qu'il aille tirer un coup, ce gars, ça lui nettoiera les méninges », s'exclame encore le policier Favre (p. 137).

Les personnages emploient généralement un vocabulaire cru, imagé, relevant des milieux populaires dont ils sont issus ou dans lesquels ils évoluent (marine, prison, police, etc.). Sous la plume de Fred Vargas, ce style d'écriture permet d'introduire une certaine connivence avec le lecteur, dès lors que ce dernier a l'impression de suivre l'affaire de très près, sans le filtre d'une langue standardisée.

L'écriture de Fred Vargas est également très inventive : l'auteure y introduit en effet de multiples néologismes tels que « pestologue » (p. 151), « petiloquer » (p. 243) ou encore « réflexiloque » (*ibid.*), quand les personnages cherchent le terme le plus juste pour évoquer ce qu'ils recherchent ou ressentent.

Les dialogues sont fluides et chaque personnage à sa manière propre de s'exprimer, de sorte que le récit est relaté dans une langue dynamique, vivante : Decambrais parle toujours très correctement, Joss a un langage très direct, Marie-Belle s'exprime de façon à paraitre naïve et polie, tandis que sa lettre regorge pourtant d'expressions vulgaires : « Quand il est crevé, avec Antoine, on s'est dit qu'on voyait pas pourquoi on aurait pas droit à une part du fric, déjà qu'on n'avait pas le nom. » (p. 335)

En outre, l'intrigue se déroule au rythme des annonces criées par Joss Le Guern. Celles-ci cadencent le roman et rompent avec le ton général de la narration. La première, clamée donne le ton : « Tels signes sont l'abondance extraordinaire des petits animaux, qui s'engendrent de pourriture, comme sont puces, mouches, grenouilles, crapauds, vers, rats, et semblables, qui témoignent une grande corruption, et en l'air, et es humiditez de la terre. » (p. 28-29)

Le latin est également présent puisque les lettres « CLT » accompagnant les chiffres tracés sur les portes correspondent à une citation latine abrégée, « *Cito, longe fugeas et tarde redeas.* C'est-à-dire : Fuis vite, longtemps, et reviens tard. » (p. 165) S'ils viennent enrichir le texte de l'auteure, ces documents permettent surtout d'introduire une composante historique au sein du roman.

UNE ENQUÊTE HISTORIQUE

Pars vite et reviens tard ne s'ouvre pas sur un crime, mais sur de drôles d'annonces rédigées dans un français peu courant, aux airs anciens, et clamées par un crieur breton échoué à Paris. En parallèle, une dame s'inquiète de la présence de « 4 » peints à l'envers sur les portes de son immeuble.

Ce sont les premiers éléments mystérieux que le lecteur découvre. Les crimes en eux-mêmes semblent presque secondaires, tant le mystère qui s'épaissit autour du thème de la peste occupe une place importante au sein du récit.

Et de fait, l'auteure utilise ici ses compétences d'historienne (elle est chercheuse en histoire et en archéologie) pour construire un récit policier lié à l'histoire de la peste, cette maladie, qui a ravagé l'Europe au Moyen Âge et continue depuis à marquer fortement les populations et leur imaginaire – on pense bien sûr immédiatement au roman d'Albert Camus (1913-1960), *La Peste* (1947).

Maladie infectieuse et contagieuse, due au bacille de Yersin, la peste se transmet de l'animal – le rat – à l'homme par le biais de puces infectées par la bactérie. Les puces transmettent la bactérie par piqure ou à travers leurs déjections. Une fois piqué par une puce infectée, le sujet est susceptible de développer différents symptômes tels qu'une fièvre élevée, un gonflement des ganglions, des ecchymoses sombres, de fortes expectorations et des délires. Sans soins appropriés, l'issue est le plus souvent fatale.

Au cours de l'Histoire, la peste a causé de multiples épidémies, notamment au VIe siècle, au cours duquel plusieurs crises ont fait plusieurs millions de victimes dans la région méditerranéenne, puis, entre 1343 et 1346, quand la « grande peste » a fait d'immenses ravages dans les populations européennes. C'est seulement en 1894 qu'Alexandre Yersin (bactériologiste français d'origine suisse, 1863-1943) découvre le bacille responsable de la maladie.

Dans le roman *Pars vite et reviens tard*, la grand-mère d'Arnaud élève des puces qu'elle pense infectées. Afin de protéger les personnes qui habitent près des victimes visées, son petit-fils trace des « 4 » renversés sur les portes : « Les 4 étaient nécessaires pour endiguer le lâcher des insectes, pour viser juste et non pas grossière-ment. Pas question pour Damas de bousiller toute la population d'un immeuble quand il ne voulait en abattre qu'un seul. » (p. 324) Il croit ainsi pouvoir se venger en utilisant un pouvoir familial attribué à ses aïeux, les Journot, qui ont survécu à une grande épidémie de peste, en 1920.

Ici, la recherche du coupable est quelque peu supplantée par d'autres questionnements : le lec-teur s'attache en effet davantage à comprendre de quelle peste il est question, et comment elle pourrait réapparaitre. Faussement victimes de la peste (les puces n'étant pas réellement por-teuses de la maladie, c'est en fait le demi-frère de Damas qui termine le travail en étranglant ses victimes, puis en les brunissant), ces victimes n'en sont de toute façon pas vraiment, puisque nous découvrons qu'elles sont avant tout cou-pables d'avoir torturé Damas et sa compagne.

Outre la peste, c'est le rapport au passé qui semble aussi intéresser l'auteure. Ici, le rapport aux ancêtres est fort, qu'il s'agisse de Joss, devenu crieur après avoir conversé avec l'apparition de son ancêtre, ou de Damas, qui a grandi avec le récit de l'épopée familiale des Journot, autrefois épargnés par la peste. Aussi les crimes et la violence trouvent-ils leurs origines dans des histoires familiales douloureuses – même les tortionnaires de Damas ont un passé violent qui peut éclairer leur comportement.

De prime abord, le roman de Fred Vargas, qui met en scène une enquête et la recherche d'un coupable, semble pouvoir s'inscrire dans la veine du roman policier. Mais dans *Pars vite et reviens tard*, la résolution de l'intrigue, rapide, laisse rapidement penser que l'identité du tueur comme ses motivations (la vengeance pour Damas, l'appât du gain pour sa demi-sœur et son demi-frère) importent peu.

Finalement, l'enquête historique autour de la peste et des croyances qui y sont liées (protection grâce au « 4 » à l'envers, diamant porté sur l'annulaire, etc.) sont beaucoup plus explorées ; l'énigme policière sert seulement de prétexte à une enquête peut-être plus historique et sociale qu'elle n'est véritablement policière.

PISTES DE RÉFLEXION

QUELQUES QUESTIONS POUR APPROFONDIR SA RÉFLEXION...

- Quels sont la fonction et l'effet des criées de Joss Le Guern ?
- Les personnages de *Pars vite et reviens tard* sont-ils des héros ? Justifiez votre point de vue.
- Opposez les deux inspecteurs de ce roman : Adamsberg et Adrien Danglard. Quelles sont leurs méthodes d'investigation respectives ? D'après vous, font-elles écho aux méthodes d'autres grandes figures du roman policier (comme le commissaire Maigret ou Sherlock Holmes par exemple) ?
- Le thème de la dualité est omniprésent dans l'œuvre de Vargas. Expliquez en quoi consiste ce motif à l'aide d'exemples tirés du livre.
- En quoi *Pars vite et reviens tard* se différencie-t-il des romans policiers classiques ? Qu'est-ce qui, selon vous, rattache cette œuvre au genre du roman noir ?
- Dans quelle mesure peut-on considérer l'in-

trigue comme une enquête historique plutôt que policière ?

- Selon vous, ce roman est-il plutôt optimiste ou pessimiste ? Nuancez votre réponse.
- Fred Vargas est une spécialiste du Moyen Âge. Dans quelle mesure sa passion se reflète-t-elle dans *Pars vite et reviens tard* ? Justifiez.
- D'après vous, l'adaptation cinématographique (2007) qui a été réalisée est-elle fidèle au roman de Fred Vargas ? En rend-elle l'atmos-phère ? Justifiez votre avis.
- Qu'est-ce qui, selon vous, a fait le succès de cette œuvre ?

Votre avis nous intéresse !
Laissez un commentaire sur le site de votre librairie en ligne
et partagez vos coups de cœur sur les réseaux sociaux !

POUR ALLER PLUS LOIN

ÉDITION DE RÉFÉRENCE

- VARGAS F., *Pars vite et reviens tard*, Paris, France Loisirs, 2002.

ÉTUDES DE RÉFÉRENCE

- « Policier », in *larousse.fr*, consulté le 24 aout 2017. http://www.larousse.fr/encyclopedie/divers/policier/81082
- « La peste », in *larousse.fr*, consulté le 24 aout 2017. http://www.larousse.fr/encyclopedie/divers/peste/78778

ADAPTATION

- *Pars vite et reviens tard*, film de Régis Wargnier, avec José Garcia, Lucas Belvaux et Marie Gillain, France, 2007.

SUR LEPETITLITTÉRAIRE.FR

- Fiche de lecture sur *Dans les bois éternels* de Fred Vargas.

- Fiche de lecture sur *L'Armée furieuse* de Fred Vargas.
- Fiche de lecture sur *Temps glaciaires* de Fred Vargas.
- Fiche de lecture sur *Un lieu incertain* de Fred Vargas.

Retrouvez notre offre complète sur lePetitLittéraire.fr

- des fiches de lectures
- des commentaires littéraires
- des questionnaires de lecture
- des résumés

ANOUILH
- Antigone

AUSTEN
- Orgueil et Préjugés

BALZAC
- Eugénie Grandet
- Le Père Goriot
- Illusions perdues

BARJAVEL
- La Nuit des temps

BEAUMARCHAIS
- Le Mariage de Figaro

BECKETT
- En attendant Godot

BRETON
- Nadja

CAMUS
- La Peste
- Les Justes
- L'Étranger

CARRÈRE
- Limonov

CÉLINE
- Voyage au bout de la nuit

CERVANTÈS
- Don Quichotte de la Manche

CHATEAUBRIAND
- Mémoires d'outre-tombe

CHODERLOS DE LACLOS
- Les Liaisons dangereuses

CHRÉTIEN DE TROYES
- Yvain ou le Chevalier au lion

CHRISTIE
- Dix Petits Nègres

CLAUDEL
- La Petite Fille de Monsieur Linh
- Le Rapport de Brodeck

COELHO
- L'Alchimiste

CONAN DOYLE
- Le Chien des Baskerville

DAI SIJIE
- Balzac et la Petite Tailleuse chinoise

DE GAULLE
- Mémoires de guerre III. Le Salut. 1944-1946

DE VIGAN
- No et moi

DICKER
- La Vérité sur l'affaire Harry Quebert

DIDEROT
- Supplément au Voyage de Bougainville

DUMAS
- Les Trois
  Mousquetaires

ÉNARD
- Parlez-leur
  de batailles,
  de rois et
  d'éléphants

FERRARI
- Le Sermon sur la
  chute de Rome

FLAUBERT
- Madame Bovary

FRANK
- Journal
  d'Anne Frank

FRED VARGAS
- Pars vite et
  reviens tard

GARY
- La Vie devant soi

GAUDÉ
- La Mort du
  roi Tsongor
- Le Soleil des
  Scorta

GAUTIER
- La Morte
  amoureuse
- Le Capitaine
  Fracasse

GAVALDA
- 35 kilos d'espoir

GIDE
- Les
  Faux-Monnayeurs

GIONO
- Le Grand
  Troupeau
- Le Hussard
  sur le toit

GIRAUDOUX
- La guerre de
  Troie
  n'aura pas lieu

GOLDING
- Sa Majesté des
  Mouches

GRIMBERT
- Un secret

HEMINGWAY
- Le Vieil Homme
  et la Mer

HESSEL
- Indignez-vous !

HOMÈRE
- L'Odyssée

HUGO
- Le Dernier Jour
  d'un condamné
- Les Misérables
- Notre-Dame
  de Paris

HUXLEY
- Le Meilleur
  des mondes

IONESCO
- Rhinocéros
- La Cantatrice
  chauve

JARY
- Ubu roi

JENNI
- L'Art français
  de la guerre

JOFFO
- Un sac de billes

KAFKA
- La Métamorphose

KEROUAC
- Sur la route

KESSEL
- Le Lion

LARSSON
- Millenium I. Les
  hommes qui
  n'aimaient pas
  les femmes

LE CLÉZIO
- Mondo

LEVI
- Si c'est un
  homme

LEVY
- Et si c'était vrai…

MAALOUF
- Léon l'Africain

MALRAUX
- La Condition humaine

MARIVAUX
- La Double Inconstance
- Le Jeu de l'amour et du hasard

MARTINEZ
- Du domaine des murmures

MAUPASSANT
- Boule de suif
- Le Horla
- Une vie

MAURIAC
- Le Nœud de vipères

MAURIAC
- Le Sagouin

MÉRIMÉE
- Tamango
- Colomba

MERLE
- La mort est mon métier

MOLIÈRE
- Le Misanthrope
- L'Avare
- Le Bourgeois gentilhomme

MONTAIGNE
- Essais

MORPURGO
- Le Roi Arthur

MUSSET
- Lorenzaccio

MUSSO
- Que serais-je sans toi ?

NOTHOMB
- Stupeur et Tremblements

ORWELL
- La Ferme des animaux
- 1984

PAGNOL
- La Gloire de mon père

PANCOL
- Les Yeux jaunes des crocodiles

PASCAL
- Pensées

PENNAC
- Au bonheur des ogres

POE
- La Chute de la maison Usher

PROUST
- Du côté de chez Swann

QUENEAU
- Zazie dans le métro

QUIGNARD
- Tous les matins du monde

RABELAIS
- Gargantua

RACINE
- Andromaque
- Britannicus
- Phèdre

ROUSSEAU
- Confessions

ROSTAND
- Cyrano de Bergerac

ROWLING
- Harry Potter à l'école des sorciers

SAINT-EXUPÉRY
- Le Petit Prince
- Vol de nuit

SARTRE
- Huis clos
- La Nausée
- Les Mouches

SCHLINK
- Le Liseur

SCHMITT
- La Part de l'autre
- Oscar et la
  Dame rose

SEPULVEDA
- Le Vieux qui
  lisait des romans
  d'amour

SHAKESPEARE
- Roméo et Juliette

SIMENON
- Le Chien jaune

STEEMAN
- L'Assassin
  habite au 21

STEINBECK
- Des souris et
  des hommes

STENDHAL
- Le Rouge et
  le Noir

STEVENSON
- L'Île au trésor

SÜSKIND
- Le Parfum

TOLSTOÏ
- Anna Karénine

TOURNIER
- Vendredi ou
  la Vie sauvage

TOUSSAINT
- Fuir

UHLMAN
- L'Ami retrouvé

VERNE
- Le Tour
  du monde
  en 80 jours
- Vingt mille
  lieues sous
  les mers
- Voyage au
  centre de
  la terre

VIAN
- L'Écume des jours

VOLTAIRE
- Candide

WELLS
- La Guerre des
  mondes

YOURCENAR
- Mémoires
  d'Hadrien

ZOLA
- Au bonheur
  des dames
- L'Assommoir
- Germinal

ZWEIG
- Le Joueur
  d'échecs

L'éditeur veille à la fiabilité des informations publiées, lesquelles ne pourraient toutefois engager sa responsabilité.

© **LePetitLittéraire.fr, 2017. Tous droits réservés.**

www.lepetitlitteraire.fr

ISBN version numérique : 978-2-8080-045-27
ISBN version papier : 978-2-8080-045-34
Dépôt légal : D/2017/12603/764

Avec la collaboration de Delphine Le Bras pour l'étude des personnages de Decambrais, Marie-Belle et Camille, ainsi que pour le chapitre « Une enquête historique ».

Conception numérique : Primento,
le partenaire numérique des éditeurs.

Ce titre a été réalisé avec le soutien de la Fédération Wallonie-Bruxelles, Service général des Lettres et du Livre.